Uta Kropp

Yasmin –

oder wie erziehe ich meine Zweibeiner

Bibliografische Information der Deutschen Nationalbibliothek

Die Deutsche Nationalbibliothek verzeichnet diese Publikation in der deutschen Nationalbibliografie; detaillierte bibliografische Daten sind im Internet über http://dnb.d-nb.de abrufbar

Herstellung und Verlag:
BoD - Books on Demand Norderstedt
ISBN: 978-3-7504-6852-8

Alle Fotos vom Autor privat.

Yasmin – Oder wie erziehe ich meine Zweibeiner

Geboren wurde ich am 18.11.2011 in einem kleinen hübschen Häuschen auf dem Lande in der Nähe von Laage bei Rostock. Ich habe noch 3 Geschwister. Yvel, Yakari und Yellow.
Ich heiße Yasmin. Ihr werdet Euch sicher über diese komischen Namen wundern. Aber das hat seinen Grund. Wir sind nicht einfach gewöhnliche Katzen. Wir sind etwas ganz besonders. Wir werden gezüchtet und mein vollständiger Name ist Yasmin von der Federwolke.
Jeder Wurf bei einem Züchter hat einen Namen entsprechend der Reihenfolge im Alphabet.
Da meine Geschwister und ich ein Y-Wurf sind, beginnen unsere Namen alle mit Y. Ist doch lustig, oder? Zurzeit habe ich ein weißes Fell, nur der Schwanz und die Ohren sind schon etwas grau, naja man nennt das wohl eher blue-point.

Aber nun möchte ich Euch etwas aus meinem bisher kurzen Leben berichten.

Mit 12 Wochen wurde ich einfach so von meiner geliebten Mama und meinen Geschwistern getrennt. Bis dahin hatten wir ein tolles Leben miteinander. Bei Mama konnten wir unseren Hunger stillen und haben leckere Milch bekommen. Wir haben viel gedöst und konnten miteinander umhertollen. Außerdem war da noch der Mops Lotta unserer

Züchterin. Lotta war immer ganz lieb zu uns. Das sollte nun vorbei sein? Na mal sehen was das so wird.

Ca. 2 Wochen bevor ich abgeholt wurde, besuchten mich meine neuen Zweibeiner auf dem Lande um mal zu schauen, wie ich so aussehe. Das war ja schrecklich, was man da alles so zu hören bekommt. „Oh, ist die süß, wie niedlich, so etwas hübsches; Guck nur wie sie guckt!" Tja, wie soll ich wohl gucken, wie eine Katze eben so guckt. Sie fragten meiner Züchterin alle möglichen Löcher in den Bauch. Und das, wo doch rauszuhören war, das sie schon eine Katze zu Hause haben. Als wäre das neu. Tja, eben Zweibeiner.

An dem Tag als wir getrennt wurden, hat Mama uns allen noch einmal Milch gegeben.
Als dann meine neuen Zweibeiner kamen, waren meine Brüder schon weg, ich glaube die sind bei einem Rechtsanwalt gelandet. Aber immerhin zu zweit, und ich, ich sollte nun ganz alleine weg. Wie furchtbar. Erst wurden noch Papiere erledigt, und dann war es soweit. Ich hatte bisher nur die Bekanntschaft mit dem Mops Lotta meiner Züchterin gemacht, aber in meinem neuen zu Hause wartete außer einer „alten" Katze auch noch ein neuer Hund auf mich.
O Gott!

Meine Schwester und Mama weinten sehr, als ich in dem Transportkorb saß. Sie hatten eine große warme Decke um den Korb geschlungen, da es draußen frostig war. Wenigstens etwas.

In dem Körbchen lag eine warme flauschige Decke, auf die ich mich kuschelte. Weinen konnte ich nicht, ich war viel zu aufgeregt. Nur etwas traurig hörte ich dann langsam das Weinen von Mama und meiner Schwester immer leiser werden.

Mein neues Frauchen quasselte mich immerzu mit irgendeinem Blödsinn voll. Ich glaube sie wollte mich trösten. Dann setzte sie sich im Auto auch noch zu mir nach hinten um bei mir zu sein. Ich glaube sie mochte mich schon jetzt. Herrchen saß vorn und musste fahren. Frauchen widmete sich ganz meiner Person.

Das Abenteuer beginnt

Für mich dauerte die Fahrt eine Ewigkeit. Zwischendurch habe ich immer mal gemauzt, aber das konnte von den Beiden ja niemand verstehen. Nach jedem mauzen prasselte von Frauchen immer ein Schwall von tröstenden Worten auf mich nieder. Das half mir aber in dem Moment auch nicht weiter. Da saß ich nun in diesem Korb, wusste nicht was auf mich zukommt und war einsam.

In meinem neuen zu Hause angekommen, sollte nun der „Ernst" des Lebens beginnen.

Also ich glaube, dass ich mich bis jetzt hier köstlich amüsiert habe. Immerhin bin ich (im Gegensatz zu allen anderen hier im Haushalt) noch jung, abenteuerlustig und einfach für jeden Spaß zu haben.

Eingehüllt in die Decke wurde ich nun mitsamt dem Körbchen ganz vorsichtig ins Haus gebracht. Wie das bei kleinen Katzen in der neuen Umgebung so üblich ist, wird man als erstes ins Katzenklo gesetzt. Ich persönlich finde es furchtbar. Was soll ich als erstes im Klo!
Da ist nichts los und ich kann keinen Blödsinn machen. Außerdem war ich doch schon stubenrein.
Auf dem Weg zum Klo, welches im Obergeschoss des Hauses steht, bellte der Hund immerzu ganz aufgeregt. Ich glaube der war wegen mir so aus den Häuschen. Sein Name ist übrigens Spikey.
Endlich wurde ich aus dem Körbchen befreit und konnte mal schauen was so los ist. Nein, falsch gedacht, ich landete ganz freundlich aus Herrchens Händen in meinem Klo. Puh, schnell wieder raus und was sehen meine trüben Katzenaugen da, ein zweites Klo, und das ist ganz ohne Dach. Na das muss ich mir doch mal genauer ansehen. Hilfe, da kommt doch gleich der kläffende, schwarze Hund auf mich zu und will mich knutschen. Zack, zack, links und rechts schnell eine Ohrfeige verteilt. Das hat gesessen, der ist verschwunden.

Schnell raus aus dem Klo und irgendwo verkriechen. Da ich hier noch nicht ortskundig bin, laufe ich runter, wo auch der Hund schon wieder kläfft.

Nein, das kann ich jetzt noch nicht so richtig gebrauchen. Also schnell wieder hoch und in sekundenschnelle Ortsbesichtigung machen. Ich brauche jetzt erst einmal Ruhe und muss mich langsam umschauen können.

O je, was sehe ich denn da. Die andere Katze. O Schreck, so etwas habe ich in den paar Wochen, die ich bisher hier auf der Welt bin, noch nicht gesehen. Braun wie … naja darüber spricht man nicht (oder lieber braun wie Schokolade), dick wie Garfield und im Gesicht? Nur ein Auge. Aber dafür flink. Ehe ich es mir noch überlegen kann, bleibt mir nur die Flucht unter eine Vitrine, die im nächstliegenden Zimmer steht. Später habe ich dann das Vergnügen zu wissen, dass es sich hierbei um das Schlafzimmer meiner Herrchen handelt. Wie ich später feststellen werde, ein entzückendes Plätzchen zum Grunzen.

Unter der Vitrine ist mein Platz sicher, niemand kann mich erreichen. Der Hund ist zu groß und die braune Katze zu dick. Da kann ich aus sicherer Entfernung fürchterlich weinen und schimpfen, alle müssen es ertragen und können nichts dagegen tun. Das macht Spaß und ist richtig lustig. Frauchen ist schon völlig fertig und weiß gar nicht was sie machen soll. Ich glaube sie würde mich am liebsten hier rausholen und durchs Haus tragen, aber daraus wird nichts, ich mache weiter Lärm und schreie.

Herrchen setzt sich offensichtlich bei allen jetzt durch. Er hat den guten Vorschlag gemacht, mich einfach in Ruhe zu lassen. Alles wird gut und alle können sich dann langsam kennenlernen. Gesagt getan, meine Zweibeiner und der Hund machen sich auf den Weg nach unten und überlassen mich meinem Schicksal.

Dieses Schicksal ist eine dicke braune Katze, und so weit wie ich es rausgehört habe, ist ihr Name Peppels. Das Lustige daran ist, Peppels und ich sind offensichtlich miteinander verwandt. Peppels heißt auch Peppels von der Federwolke.

Frauchen und meine Züchterin (ich vermisse sie!) haben darüber gesprochen, das wir Großcousinen sind. Ich weiß zwar nicht was das bedeutet, aber das ist mir egal. Äußerlich sind wir uns überhaupt nicht ähnlich. Ich bin schneeweiß mit Ausnahme meiner Ohren und dem Schwänzchen und Peppels ist durchgängig langweilig braun (und dick!).

Nun sitze ich hier unter der Vitrine und jammere vor mich hin. Nun ja, irgendwie habe ich auch langsam Hunger und zum Klo müsste ich vielleicht auch mal. Das scheint aber alles nicht so einfach zu werden, da Peppels wie ein Wachposten immer um die Vitrine schleicht. Von wegen Liebe auf den ersten Blick, daran ist bestimmt nicht zu denken.

Nach einiger Zeit kommen meine Zweibeiner wieder hoch und sorgen dafür, dass ich auch mal den Fressnapf zu Gesicht bekomme. Aber ich muss alleine essen, da Peppels das wohl nicht so toll findet, dass ich hier bin und auch noch ihre Fressstelle benutze. Unser Fressplatz ist aber ganz fein eingerichtet. Wir haben einen kleinen Hochsitz, da ist sogar eine kleine Treppe dran, damit ich auch an den Napf ankomme. Herrchen sagt „der kleine Furz (damit meint er mich) kommt ja sonst nicht an die Futterstelle", da ich ja noch nicht so hoch springen kann. Der Hochsitz wurde wegen dem Hund angelegt, da er sonst das Katzenfutter auffrisst. So, ein bisschen satt bin ich nun und die Toilette habe ich auch schon benutzt. Nun kann dann meine erste (unvergessliche) Nacht im neuen zu Hause kommen.

Meine erste Nacht

Soweit wie ich das mitbekommen habe, sind nachts alle im Schlafzimmer. Meine Zweibeiner, Spikey, Peppels und nun ja auch ich. Da ich neu bin, habe ich noch keinen Stammplatz geschweige denn überhaupt einen Platz. Die kuscheligen Betten kann ich nur aus meinem sicheren Platz unter der Vitrine betrachten, da Peppels mich weiterhin bewacht und ich kaum aufs Klo komme.
Die Nacht verbringe ich also unter der Vitrine und vertreibe mir aus Ärger darüber die Zeit damit,

kräftig zu Mauzen. Ab und zu geht mein Mauzen auch mal in Schreien über und ich glaube niemand kann in dieser Nacht gut schlafen. Mir soll es nur recht sein, schließlich darf ich ja nirgends hin, weil Peppels mich bewacht. Alles in allem also eine recht langweilige Nacht. Nachdem Peppels mal ein wenig ihr eines Auge zugemacht hat und eingedöst ist, wage ich mich ganz schnell auf die Toilette und wetze noch schnell am Fressnapf vorbei und stille meinen kleinen Hunger. Dann aber nichts wie wieder fix unter die Vitrine, nur da bin ich im Moment vor Peppels sicher.

Am nächsten Tag versuche ich ab und zu mal die Gegend etwas genauer zu erkunden. Sogar im Badezimmer passe ich noch unter den Waschtisch, ich bin ja auch noch so klein. Das ist für Peppels ganz schon dumm, sie kommt da nicht mehr runter und schaut ziemlich dumm aus der Wäsche wenn ich immer verschwinde. Sie jagt mich nun ganz schön durch das Haus wenn sie mich sieht. Aber ich bin schneller und kann auch so gut knurren und fauchen wie Peppels.

Frauchen ist am Tag zu Hause und kann auf uns aufpassen. Das ist keine leichte Aufgabe, denn wir zanken uns ganz kräftig. Es geht sogar so weit, dass Frauchen bei der Züchterin anruft und um Rat fragt. Peppels jagt mich wie verrückt durch die Gegend. Nirgends darf ich mich hinsetzen und mal ausruhen, immer muss ich mich unter der Vitrine verstecken oder andere Plätze finden, wo die dicke Katze nicht hinkommt. Das ist gar nicht so einfach. Aber unter dem Bett macht das Jagen auch Spaß. Peppels ist oben und sucht nach mir. Da ich sehr flink bin, komme ich aber schon wieder von hinten und kann Peppels auf den Po hauen. Das findet sie nun überhaupt nicht toll und knurrt wie ein Hund und jagt mich quer über das Bett und ich flüchte schnell unter „meine" Vitrine. Apropo Hund: Der hat schon nach 1 Tag meine Anwesenheit als gegeben hingenommen und ist absolut friedlich. Wenn er zu aufdringlich in meinem noch sehr flauschigen Fell wühlt dann sage ich ihm das in Form von Tatzenheben und dann ist er auch gleich wieder weg. Peppels ist da etwas hartnäckiger und findet es nicht lustig, wenn ich dann auch noch grinse.

Tja, so vergeht nun der Tag zwischen verstecken, jagen, knurren, fressen, Klogang usw. Frauchen ist völlig genervt und hat Angst, das wir uns etwas antun. Eigentlich völlig unnötig, da ich sowieso schneller als Peppels bin und ganz doll aufpasse.

Meine zweite Nacht

In dieser Nacht passiert nun das, was eigentlich nicht schön ist. Ich weiß nicht wie es mir gelungen ist, oder Peppels ist einfach zu kaputt zum streiten, auf alle Fälle bekomme ich zum ersten Mal ein lauschiges Plätzchen bei Frauchen im Bett. Wir sind beide begeistert (Frauchen und ich). Die Begeisterung hält aber nicht lange an. Peppels scheint sich bei mir rächen zu wollen und bewacht die Tür vom Schlafzimmer zum Flur, indem sie mit ihrem massigen Körper im Eingang liegt und mich nicht durchlässt. Ich habe keine Chance. Das ist nicht gut, denn im Flur stehen unsere beiden Katzentoiletten. Nach ein wenig schlummern wache ich auf und verspüre das Bedürfnis, auf die Toilette gehen zu wollen. Mit Peppels ist leider nicht gut Kirschen essen und ich komme einfach nicht raus in den Flur auf die Toilette. Unsere Zweibeiner schlafen den Schlaf der Gerechten und bekommen von unserem Theater nichts mit. Wahrscheinlich sind sie noch von der vorangegangenen Nacht so geschafft, dass sie es nicht hören. Nun wird es dann aber doch sehr kriminell, dann ich muss ganz dringend. Was soll ich nur tun !?! Bei Frauchen schlafe ich so schön, da kann ich doch dann keinen Haufen rauf machen! Also gehe ich zu Herrchen, erledige mein Geschäft und versuche wieder zu schlafen. O Schreck, pipi muss ich aber auch.

Mmmhh …, bei Herrchen war ich schon, ich werfe Peppels nochmal einen bösen, ganz bösen, Blick zu und versuche mein Glück, keine Chance, wieder darf ich nicht auf die Toilette gehen. Sie ist ja so gemein. Was bleibt mir weiter übrig, ich gehe zu Frauchen aufs Bett und erledigte dort nun doch mein kleines Geschäft. Ich passe aber genau auf, dass ich nicht meine Kuschelmulde beschmutze, schließlich möchte ich auch noch etwas schlafen. Nachdem ich nun wirklich, das könnt ihr mir glauben, unangenehm erleichtert bin, kuschele ich mich in Frauchens Bett und döse wieder ein. Das Dösen hält aber nicht allzu lange an, Frauchen wird unruhig und schnuppert immer so. Ich glaube sie riecht etwas. Schließlich stinkt mein Haufen ja auch ganz erbärmlich. Sie wird wach und verdächtigt den Hund gepupst zu haben. Na das finde ich ja lustig. Nachdem sie das Fenster aufgerissen hat, versucht sie wieder zu schlafen, denn nun soll der Geruch dann ja weg sein. Ich für meinen Teil, stelle mich ganz fest schlafend und versuche mir nichts anmerken zu lassen. Schließlich ist es ja nicht meine Schuld, Peppels hat mich nicht durchgelassen. Das offene Fenster verfehlt natürlich die Wirkung, da mein Häufchen ja auf Herrchens Bett liegt und auch nicht von alleine verschwindet. Frauchen wird also wieder wach und ist nun doch sehr argwöhnisch. Sie schaut unter das Bett, kontrolliert die Bettdecken, sieht komischerweise nichts und nun wird auch Herrchen geweckt, da sie sich einfach nicht vorstellen kann, das der Hundepups so lange im Raum steht (tut er ja auch nicht). Tja, beide finden nichts und versuchen wieder zu schlafen. Ich rühre mich überhaupt nicht und bin völlig eingekringelt. Der Geruch stört mich aber auch etwas, schließlich sind wir Katzen sehr saubere Tiere. Nun wird der Hund aufmerksam und es kommt Bewegung ins Schlafzimmer. Der schnuppert so auffällig und laut über Herrchens Bett, das niemand mehr schlafen kann. Das Licht geht an, Frauchen ist sauer und nun wird geschaut was der Hund da zu schnuppern hat. So, nun ist es passiert. Der Haufen gesichtet und das Geschrei ist da. Mich trifft natürlich keine Schuld, das sehen die Beiden sofort ein. Peppels ist die Dumme und wird ordentlich ausgemeckert. Die macht sich aber nicht so viel daraus, schließlich hat sie ja ein dickes Fell (im wahrsten Sinne des Wortes). Ich bin die Liebe und werde bedauert: „Armes Mäuschen, hat Peppels dich nicht rausgelassen". Oder von Herrchen: „Der kleine Furz kann ja nichts dafür". Das muss ich natürlich genießen und lasse mich ordentlich von Frauchen kraulen und aus lauter Dankbarkeit schnurre ich ihr ganz laut ins Ohr. Ein wenig verstimmt ist sie dann als sie die Pfütze auf ihrem Bett bemerkt, aber ein Blick von mir zu Peppels genügt um die Fronten zu klären. So nimmt diese Nacht ein abruptes Ende.

Peppels will es einfach nicht wahrhaben das ich nun hier bin und akzeptiert mich überhaupt nicht. Das drückt sich darin aus, dass sie mich ständig verfolgt, anfaucht, anknurrt und mich überall verjagt. Ganz schön anstrengend das Ganze. Dabei will ich doch auch nur meine Ruhe haben und das Haus in jedem Winkel ergründen und kennenlernen. Zwischendurch ein bisschen toben, fressen, schlafen, usw. Das Leben könnte so schein, wenn da nicht Peppels wäre. Ich kann mich immer nur retten, indem ich entweder schnell unter irgendwelchen Schränken verschwinde oder Frauchen mich auf ihren sicheren Arm nimmt. Aber das kann es ja auch nicht sein. Nach nochmaligem Telefonieren mit meiner Züchterin, fällt Frauchen einen Entschluss.
Sie mischt sich nicht mehr ein, sie lässt uns machen. Na was soll das denn werden? Ich von meiner Seite aus habe nichts gegen Peppels, ich ärgere sie ja auch. Aber ich weiß nicht wie Peppels das findet und was sie machen wird. Kurzzeitig hat Frauchen uns sogar auseinandergesperrt. Aber das schien wohl auch nicht so die richtige Lösung zu sein. Auf alle Fälle kam es mit Peppels mal wieder zum Streit und sie jagte mich wieder durch den Flur. Diesmal war ich nur so dumm, dass ich versehentlich in die falsche Richtung gelaufen bin. Da hatte ich nun das Maleur. Ich saß in der Klemme und konnte mich vor Peppels nicht mehr verstecken. Na was jetzt wohl

passiert. Ich stehe mit dem Rücken zur Wand und hebe schon die Tatzen. Peppels rast auf mich zu und bremst kurz vor mir ab. Frauchen stockte der Atem und sie stand da, wir zur Salzsäule erstarrt. Was passiert jetzt! Puh, nichts. Peppels schaut sich dumm zu Frauchen um, so nach dem Motto „Warum machst Du nichts!", ich lasse langsam die Pfoten sinken und Peppels guckt genauso dumm aus der Wäsche wie ich. Ich glaube in diesem Moment ist es passiert. Ich schaue Peppels in das eine Auge, Peppels starrt mir in beide Augen, es ist vielleicht nicht die große Liebe, aber immerhin akzeptieren wir uns und das Eis scheint gebrochen. Fortan macht das gemeinsame Leben im Haus noch viel mehr Spaß. Ich kann ungestört alles erkunden, nach und nach alle Räume unter die Pfoten nehmen und wir haben viel Spaß miteinander. Ab und zu zanken wir auch, aber das ist dann mehr Spiel.

Kuscheln mit Frauchen

Uns Tieren geht es hier sehr gut. Es wird von unseren Zweibeinern so ziemlich an alles gedacht. Wir haben überall schöne Kuschelecken mit Decken, Kissen, sogar einen Kuschelsack gibt es und ein gemütliches kleines Körbchen. All das ist sehr schön, aber wie es im Leben so ist, es gibt immer noch schöneres. Was gibt es zum Beispiel schöneres als mit Frauchen oder Herrchen zu kuscheln und das dann noch im warmen kuscheligen Bett. Nichts. Nichts vergleichbar Schönes. Herrchen wühlt immer so im Bett. Da kann es dann schon mal passieren, dass man im hohen Bogen aus dem hinaussegelt, weil er sich vielleicht gerade umdreht oder ein Bein lang macht. Das muss nicht sein, das hat nichts mehr mit Gemütlichkeit zu tun. Bei Frauchen ist das anders. Sie legt ihren Körper schon formgerecht um uns Tiere herum und nimmt den Platz, den wir ihr lassen. Das ist doch toll. So muss das sein. Allerdings ist es an ihrem Fußende immer etwas eng. Peppels hat dort ihren Stammplatz jede Nacht und manchmal legt sich Spikey dann auch noch dazu. Da passe ich dann wirklich nicht mehr mit hin. Aber es gibt noch andere schöne Stellen. Komischerweise bin ich die ersten Wochen immer nachts wach geworden. Meistens, laut Frauchen, so gegen 02.30 Uhr. Mich stört diese Uhrzeit überhaupt nicht, aber bei den Zweibeinern sieht es da schon anders aus. So gegen diese Uhrzeit habe ich dann meine erste Attacke auf Frauchen vorgenommen. Leise anschleichen, auf die Bettkante springen, kurz schauen und dann volles Rohr mit meinem kleinen weichen Fell in ihr Gesicht plumpsen. Tolle Sache, super Effekt! Sofort wird Verständnis gezeigt weil man ja so liebebedürftig ist und kraul, kraul, schnurr, schnurr, so kommt man zu seinem Recht. Am schönsten ist es dann, wenn sie immer sagt „das geht nicht Yasmin, ich brauche meinen Schönheitsschlaf und muss noch schlafen". Ich weiß zwar nicht was sie damit meint, aber ich habe ihre ungeteilte Aufmerksamkeit. Diese Prozedur haben wir ein paar Wochen veranstaltet, dann wurde es langweilig, weil sie irgendwann nicht mehr reagiert hat und dann macht das ganze keinen Spaß mehr. Ganz im Gegenteil zu unserer morgendlichen Schmusetour, die wir bis heute praktizieren und dabei immer sehr glücklich sind. Als ich noch so klein war, da habe ich immer gut auf ihren Hals gepasst. Wie ein kleiner Schal habe ich mich angekuschelt und natürlich das Schnurren nicht vergessen. Sie kicherte dann immer weil mein Fell sie kitzelte. Außerdem hatte ich mir noch eine andere Unart angewöhnt. Dafür habe ich immer die Worte gehört ich wäre ein „Beißer" oder ein „Teufel in Katzengestalt". Aber das hat mich nicht gestört. Ich habe mir immer eine Stelle am Körper von Frauchen ausgesucht, ganz lieb geleckt und dann angefangen sie anzuknabbern. Erst ganz vorsichtig, dann immer heftiger bis sie mit mir geschimpft hat. Ich glaube das war aber nur als ich klein war, inzwischen habe ich mir das abgewöhnt und bin lieb geworden. Morgens kuschele ich mich jetzt immer bei Frauchen auf die Brust, treteln mit dem Milchtritt bis ich die richtige Stelle für mich gefunden habe und dann dösen wir noch bis sie aufstehen muss. Manchmal liege ich auch auf ihrer Schulter. Tolle Aussicht von da oben.

Tatort Arbeitszimmer

In besagtes Arbeitszimmer durfte ich erst nach 1 Woche. Dort wohnte während meiner Ankunft die Perserkatze von Frauchens Cousine. Ich verstehe das zwar nicht, denn wenn ich mit Peppels fertig werde, dann auch mit einer Perserkatze. Aber nun war es endlich soweit und ich durfte auch dieses Zimmer erkunden. Ich kann Euch sagen, ein Paradies für Katzen. So viele Angriffspunkte, ich wusste gar nicht wo ich anfangen sollte.

Der Papierkorb, übervoll. Eine Tüte für den gelben Sack (lt. Frauchen), übervoll. Der Schreibtisch, voller Papiere. Die Fensterbretter, überall Blumentöpfe. Als erstes habe ich mit dem Papierkorb angefangen. Den Inhalt habe ich in Schwerstarbeit, schließlich war er randvoll, über den gesamten Fußboden verteilt und als der Platz nicht mehr ausreichte, den Rest dann noch in den Flur geschleppt. Puh, das ist vielleicht anstrengend gewesen.

Und der Dank, nach all dem? Nur Mecker von Frauchen. Sie kroch dann durchs Zimmer, schmiss alles in einen großen blauen Müllsack und räumte es gänzlich weg. So, das war Nummer 1. Weiter ging es nun mit dem Zeug für den gelben Sack. Gleiches ackern, alles wieder schön verteilen und in Lauerstellung gehen. Wie sehr ich geschuftet habe, das interessierte letzten Endes niemanden. Ich wurde wieder ausgemeckert und alles wurde gänzlich entsorgt. Aber der Spaß ging noch weiter und wurde noch viel lustiger. Die Fensterbretter interessierten mich sehr, da ich sehr gerne aus dem Fenster schaue. Aber wohin mit den Töpfen, wenn ich dort sitzen möchte? Tja, eben einfach zur Seite, wenn dabei dann mal einer runterfällt, kann ich nichts dafür. Gesagt, getan, Platz gemacht und ich habe einen wunderschönen Blick über den Hinterhof und die Gärten. Frauchen fand das allerdings nicht so toll. Die Blumentöpfe mussten aufgehoben und die Blumenerde wieder aufgefegt werden. Sie hat aber sehr schnell gelernt. Von dem Tag an wurde alles anders angeordnet und ich hatte im Arbeitszimmer immer genug Platz auf den Fensterbrettern.

Nachdem nun diese Ordnungsmaßnahmen erledigt waren, blieben noch die Papiere auf dem Tisch und der gesamte Arbeitsbereich von Frauchen. Das war gar nicht so einfach, denn ich durfte immer nur in das Zimmer, wenn Frauchen arbeiten musste. Also blieb für mich nur die Zeit, wenn Frauchen etwas machen musste. Als erstes legte ich mich immer auf die Unterlagen, die Frauchen zum Arbeiten brauchte. Zu Anfang war das toll. Sie hörte glatt mit arbeiten auf und kraulte mich immer. Allerdings immer mit den Worten „meine Süße so geht das nicht, ich muss doch arbeiten". Was hat mich denn das gestört. Zur Freude wenn sie manchmal so schön über meinen Bauch gekrault hat, ist mir doch auch mal ein Glückspups entschlüpft. Naja, kann ja wohl mal passieren, wenn die Därme so schön gekrault werden. Da hörte bei ihr der Spaß dann auf. Da wurde ich dann prompt vom Tisch genommen. Schade, ich hätte das noch Stunden mit mir machen lassen. Aber ich hatte noch andere Vorstellungen, wie ich ihre Aufmerksamkeit erregen konnte.

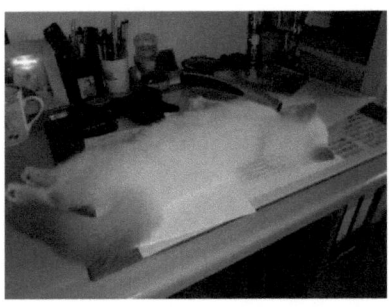

Die ganzen vielen kleinen Zettel auf ihrem Tisch waren einfach zu verlockend. Während Frauchen am Computer arbeitete, versuchte ich, ihre Papiere zu ordnen. Das heißt für mich, sie vom Tisch auf den Fußboden retten, ordentlich verteilen und mit ihnen jagen, als wenn es Mäuse wären. Gesagt getan, Frauchen war völlig am Ende. Nichts konnte sie mehr machen. Immer war sie nur hinter mir her, aber ich bin eben einfach schneller als sie. Was bleibt ihr nun weiteres übrig? Auch in diesem Zimmer wird alles katzensicher gemacht. Naja, was Zweibeiner so unter katzensicher verstehen. Irgendetwas finde ich ja doch immer.

Eins ist inzwischen aber passiert. Ich darf regelmäßig in das Zimmer, auch wenn Frauchen nicht arbeitet, aber dann macht das ja keinen Spaß mehr. Außerdem ist es ja so, da wo unsere Zweibeiner sind, möchten wir ja auch sein. Also sind Peppels und ich nicht so oft allein im Arbeitszimmer.

Dachgeschosserlebnisse

Nach und nach wurden von mir alle Räumlichkeiten unter die Pfoten genommen. Erst einmal einen Überblick verschaffen und dann genauer hinsehen. Eine Treppe hatte bisher noch nicht meine Neugier geweckt, das hängt bestimmt damit zusammen, das Peppels dort nie hochgeht, und wir nun doch fast alles gemeinsam machen. Aber da Katzen, und ich bin da keine Ausnahme, von Natur aus neugierig sind, musste ich es endlich wagen und diese Treppe erklimmen. Gesagt getan, auf leisen Pfoten nach oben gehuscht. Ich hörte noch wie Frauchen zu Herrchen sagte, jetzt ist Yasmin richtig zu Hause.
Was für ein Paradies erwartete mich hier! Hier ist der Arbeitsbereich von Herrchen. Ein Schreibtisch mit so vielen Utensilien, da lacht das Katzenherz. Radiergummis, Bleistifte, ein Briefständer mit viel Papieren drin, kleine Blumentöpfe für die Utensilien, Zettelblöcke, eine Tastatur für den Computer, ein voller Papierkorb aus Korb, ach ich komme aus dem Schwärmen gar nicht raus. Es ist

natürlich auch eine Menge Arbeit, all diese kleinen Dinge im gesamten Haus zu verteilen. Das schafft auch die fleißigste Katze nicht an einem Tag. Mit den Bleistiften habe ich angefangen. Dazu musste ich natürlich erst den Topf mit den Stiften umstoßen. Das war gar nicht so leicht, hat aber eine Menge Spaß gemacht, da er laut krachend umflog und die Stifte umherkullerten. Dann habe ich mir einen genommen und nach unten geschleppt. Kam natürlich prima bei meinen Zweibeinern an. Die hatten gleich eine Aufgabe und haben die Stifte versteckt. Macht nichts, war ja noch genug da. Als nächstes war der Anspitzer dran, der hatte dann das gleiche Los und wurde verbannt. So nach und nach verschwand alles. Die ganze Sache hat dann keinen Spaß mehr gemacht, als der Schreibtisch so aufgeräumt war, das nichts mehr dort lag. Herrchen hatte mit dem ganzen Kleinkram kurzen Prozess gemacht und alles versteckt. Er sagte mir dann, jetzt ist oben alles katzensicher, jetzt kannst du keinen Scheiß mehr machen. Das hat aber nur er gedacht. Ich war noch lange nicht fertig da oben. Einmal war Frauchen richtig sauer auf mich. Da habe ich wohl etwas übertrieben. Die Tastatur von dem Computer interessierte mich sehr und ich habe sie etwas genauer inspiziert. Dabei ist sie leider vom Tisch abgestürzt und hing nun an dem Kabel über der Tischplatte nach unten. Oh je, das gab böse Worte und ich wurde ausgeschimpft. Aber ein kleiner Augenaufschlag von mir und lautes Schnurren haben alles wieder vergessen gemacht. Wie einfach doch die Zweibeiner zu besänftigen sind.

Da nun alles ziemlich aufgeräumt war, blieben mir nur noch der Papierkorb und die losen Blätter übrig die dort lagen. Den Inhalt des Papierkorbes habe ich eine Etage tiefer verteilt und die losen Blätter oben auf dem Fußboden. Das war alles eine ganz schöne Schinderei aber so richtig gelobt wurde ich dafür nicht. Wie Undankbar.

Erwachsenwerden

Ich wusste gar nicht, das Erwachsenwerden so anstrengend sein kann. Außer das sich mein Fell jetzt völlig verändert hatte, blue-point Schattierung jetzt auch im Gesicht und der Körper cremefarben statt weiß, fühlte sich in meinem Körper etwas ganz anders an. Ich kann nicht sagen was, ich weiß nur das es sehr eigenartig war. Ich wusste gar nicht, was mit mir geschah. Plötzlich habe ich mich über den

Fußboden gerollt und immer gerufen, aber niemand konnte mir helfen. Ich lag immer auf dem Boden und streckte mein Hinterteil hoch, das hat etwas geholfen, weg ging das Gefühl aber auch nicht. Alles ganz eigenartig. Meine Zweibeiner sagten nur das kann doch nicht sein, sie ist doch noch viel zu jung, vielleicht ist sie frühreif. Ich wusste überhaupt nichts mehr. Es war einfach nur schlimm. Ein Gespräch mit meiner Züchterin (jetzt vermisse ich sie schon gar nicht mehr) und mit dem Tierarzt, brachte dann Klarheit. Ich wurde erwachsen. Eigentlich fühlte ich mich überhaupt noch nicht so. Ich war doch noch so klein. Aber es half nichts, auch kein jaulen. Ich wurde kurzerhand in den Katzenkorb verfrachtet und zum Tierarzt gebracht. Ich hatte Angst und mir war schlecht. Aber ich glaube, Frauchen ging es auch nicht gut. Sie sah ganz Elend aus und jammerte die ganze Zeit im Auto, bald mehr als ich. Sie machte sich große Sorgen um mich. Zum Glück wusste ich nicht, was auf mich zukommt. Es ging dann beim Arzt alles sehr schnell. Als ich wieder aufwachte war ich schon wieder zu Hause und konnte nicht mehr geradeaus laufen. Mir war schlecht und schwindelig, alles drehte sich. Es haben sich alle ganz liebevoll um mich bemüht. Ich glaube, ich tat allen leid. Sie lieben mich eben doch. Nachdem es mir wieder besser ging, war auch das komische Gefühl in meinem Körper weg. Ganz eigenartig, aber jetzt ist alles wieder gut.

Abenteuer Wohnzimmer

Bevor man in das schöne Wohnzimmer kommt, wo in dem kleinen Ofen das brennende Holz knistert, kommt erst die Küche. Zum Wohnzimmer also später. Wie ich schon erwähnte, schaue ich für mein Leben gern aus dem Fenster. Diesmal dachte Frauchen, das sie sehr schlau ist, und mir zuvorkommt. Aber daraus wird nichts, ich bin ja nicht auf den Kopf gefallen. Wie ich aus ihrem Erzählen raushören konnte, wollte sie schon immer, das Peppels in der Küche auf dem Fensterbrett sitzt und herausschaut. Naja, das die dicke Katze (das Ebenbild von Garfield) das nicht schafft, liegt ja eigentlich auf der Hand. Aber Frauchen hat wohl die Hoffnung nie aufgegeben und das Fensterbrett immer „katzengerecht" gelassen. Naja, Platz hatte ich zwar und konnte rausschauen, aber immer wenn ich von dort zu meinem Lieblingsplatz auf und in der Abwäsche wollte, störte mich ein Krug, der in der rechten Ecke des Fensterbrettes stand. Ich musste mich doch immer etwas anstrengen, damit ich dieses komische Vehikel nicht beim rüberspringen streifte und berührte. Aber wer strengt sich schon gerne an, wenn es auch anders geht? Ich musste mir nur noch den geeigneten Moment aussuchen, damit das Ganze seine Wirkung nicht verfehlt. Eines schönen Abends habe ich die Gunst der Stunde genutzt. Es war schönes ruhiges Wetter draußen. Meine Zweibeiner, Peppels und Spikey lagen alle verteilt im Wohnzimmer (meine Zweibeiner natürlich auf der Couch) und dösten. Mir war noch nicht nach dösen und ich wollte doch noch etwas erleben. Da war der Krug doch ein gutes Objekt. Ich wusste natürlich nicht, was passiert, wenn ich ihn runterstoße. Ich wusste nur, dann ist er da oben weg, und ich habe genug Platz um an meine Lieblingsplätze zu kommen. Es war, ehrlich gesagt, eine ganz schöne Schinderei. Der Krug war für mich kleine Katze riesig groß und sehr schwer. Aber nach ein paar kräftigen Versuchen war es endlich soweit. Laut krachend schlug der Krug auf dem Fußboden auf und hat sofort alle Bewohner des Hauses mobilisiert. Was für ein Fest für mich. Ich hatte mal wieder von allen die ungeteilte Aufmerksamkeit. Für mich war der Abend gerettet, ich hatte meinen Spaß. Aber leider nur ganz kurz. Diesmal waren meine Zweibeiner richtig sauer auf mich. Das hatte mehrere Gründe. Zum einen hatte ich sie mit dem Lärm aus dem Schlaf hochgeschreckt und zum anderen schienen sie sehr an dem Krug zu hängen, der nun in tausend kleinen Scherben vor ihnen lag. Sogar Herrchen war richtig böse. Was sie alles zu mir gesagt haben, das behalte ich jetzt lieber für mich. Am liebsten hätte ich mir irgendwann die Ohren zugehalten. Aber einen Vorteil hatte das Ganze für mich auch. An dieser Stelle des Fensterbrettes wird, solange ich lebe, nie wieder etwas stehen!

Das Wohnzimmer hat auch einen ganz besonderen Reiz auf mich. Zum einen gibt es dort auch ein wunderschönes großes Fenster mit Blumentöpfen und zum anderen viele kleine Dinge, die dringend untersucht werden müssen. Einmal haben meine Zweibeiner richtig über mich gelacht. Ich glaube fasst, dass da ein bisschen Schadenfreude mit bei war. Das fand ich übrigens ein bisschen gemein. Das war, als ich versuchte, von der Couch auf den Tisch zu springen oder zu gehen. Mehr zu gehen, denn beim Springen wäre das wohl nicht passiert. Ich habe ganz vorsichtig meine eine Vorderpfote versucht auf die Tischkante zu setzen, damit ich rüberkomme. Aber da ich zu diesem Zeitpunkt noch etwas klein war, bin ich natürlich abgestürzt und runtergefallen. Ich kann euch sagen, wie die sich amüsiert haben, dass war nicht mehr lustig für mich. Aber das habe ich ihnen alles wieder heimgezahlt. Das Fensterbrett im Wohnzimmer war alles andere als katzengerecht eingerichtet. Bisher mussten sie es ja nicht machen, da Peppels nur von der Couchlehne aus dem Fenster schaut und nicht eine Pfote auf das Fensterbrett setzt. Aber damit war es nun vorbei. Da ich Platz brauchte, auch wenn ich noch klein war, musste erst einmal ein Blumentopf weichen. Der ging natürlich nicht freiwillig weg und mein Mauzen ist für Menschenohren ja auch nicht so richtig erkennbar. Also habe ich dem Topf etwas dabei geholfen, sodass Frauchen dann unmissverständlich klar wurde, was ich wollte. Platz zum Liegen und schauen. Der Topf war überhaupt kein Problem, da die Pflanze aufgrund der Größe schon sehr viel Übergewicht hatte. Laut Frauchen war es sowieso an der Zeit, sie mal umzutopfen. Also hielt sich ihr schimpfen in Grenzen. Es war ja auch nicht so richtig viel passiert. Die Pflanze blieb heil und die Erde musste nur aufgefegt werden. Alles in allem, harmlos. Der Ärger kam dann mit dem Topf daneben. Der Ärger war aber für mich da. Frauchen wollte natürlich nicht, dass ich noch einmal versuche den Topf wegzunehmen. Also stellte sie eine andere Pflanze dazwischen. Wie ich dann mit der Zeit mitbekommen habe, handelt sich dabei um einen großen bösen Kaktus. Ich, in meiner unerfahrenen Art, wollte natürlich mehr Platz haben und da es vorher mit dem Topf so gut geklappt hat, wollte ich es auch mit diesem probieren. Autsch, das war nicht mehr lustig. Meine kleinen Pfötchen griffen dieses vermaledeite Ding immer wieder und wieder an, aber da passierte gar nichts. Außer, dass es piekte und piekte. Manchmal kommt bei meinen Zweibeinern wohl doch etwas Boshaftes durch. Ich konnte genau beobachten, dass sie nach dem ersten Schreck sehr gelacht haben. So habe ich Herrchen noch nie, nie lachen sehen. Sie meinten nur, es wäre gut so, schließlich muss ich auch meine Erfahrungen sammeln. Na toll, auf so eine Erfahrung kann glaube ich jeder verzichten. Aber das sollte nicht ungestraft bleiben. Auf der rechten Seite von mir stand auch noch ein Töpfchen. Das war dann mein nächstes Opfer. Und das mit Erfolg. Bums, lag es unten. Da wurde dann von der Couch nicht mehr gelacht. Da gab es dann wieder Mecker.

Morgens hatte ich mir im Wohnzimmer angewöhnt, immer eine gewisse Runde abzulaufen, um zu schauen, ob alles in Ordnung ist. Auf dem Rückweg habe ich dann einen kleinen Zwischenstopp auf der Couchlehne eingelegt. Dort sitzen ein paar Plüschtiere, die meine Zweibeiner wohl toll finden. So etwas Langweiliges. Die sitzen dort ganz lieb nebeneinander und nichts passiert. Denen habe ich dann erst einmal ein paar vor den Kopf gegeben und der eine hat einen schönen buschigen Schwanz. Der war dann immer dran. Immer wenn ich in seiner Nähe war, hat er Schläge bekommen und wurde am Schwanz durch das Wohnzimmer geschliffen. Das hat mir ganz viel Spaß gemacht, da er sich auch gar nicht gewehrt hat. Frauchen hat dann immer mit mir geschimpft und den kleinen Kerl wieder ganz liebevoll an seinen angestammten Platz gesetzt. Was sie an dem bloß für einen Narren gefressen hat. Ich bin doch viel süßer. Mittlerweile bin ich groß und mache so einen Blödsinn nicht mehr.

Einmal habe ich mich selbst angeschmiert. Im Wohnzimmer vor dem Kaminofen (übrigens eine gaaaanz tolle Sache) steht ein Korb, in dem das Holz für den Ofen lagert. Wenn der leer ist, kann man ganz tolle Sachen mit ihm machen. Man kann ihn umstoßen und durch die Stube rollen. Da wird man dann natürlich wieder ausgeschimpft, weil ja noch Reste und Kleinkram auf dem Boden des Korbes liegen, die dann gleichmäßig in der Stube verteilt werden. Ich persönlich finde das toll, denn wenn ich das Interesse an dem Korb verloren habe, kann ich mit dem, was ich verteilt habe, weiterspielen. Naja, die Freude ist glaube ich nur auf meiner Seite, alle anderen finden das nicht so prima. Ich kann natürlich auch in den leeren Korb springen und dort mit den Resten spielen. Gesagt getan und was passiert? An einem Stückchen Holz hängt so eine komische klebrige Masse (Harz nennen das die Zweibeiner). Igitt, ich kann es nicht glauben. Das Zeug klebt jetzt an meiner Hinterpfote und klebt und klebt. Na toll, was Frauchen wohl dazu sagen wird. Oje, ich habe es befürchtet. Eine ganze Schimpfkanonade prasselt auch mich ein. Kein Mauzer kommt über mein kleines Schnäuzchen. Ich bin ganz still. Das Zeug da ist wirklich eklig. Ich versuche es mir abzulecken, aber das hilft überhaupt nicht. Es schmeckt außerdem noch eklig. Ich will es loswerden. Stunden später, nachdem ich schon ganz viel daran rumgeleckt habe und die Stelle an meiner Hinterpfote sich schon fast entzündet hat, hat Frauchen eine offensichtlich gute Idee. Sie schmiert mir da eine Salbe rauf, die sie dem Hund im Winter auf die Pfoten machen. Sie sagt „was für Hundepfoten Balsam ist kann Katzen ja wohl auch helfen". Hoffentlich hat sie Recht, denn das Festhalten der Pfote und dieses Geschmiere ist kein Genuss für mich. Unter Protest lasse ich mir diese Prozedur gefallen und hoffe auf den Erfolg. Und tatsächlich, nach einer Weile löst sich dieser eklige Klumpen und Frauchen ist stolz wie Bolle. So wie sie jetzt tut, möchte man meinen sie hätte mir das Leben gerettet. Dabei war es doch nur der Klumpen an meiner Hinterpfote. Zweibeiner sind komisch.

Ich habe schon lange nichts mehr von meinen vierbeinigen Mitbewohnern berichtet. Mit Peppels habe ich mich ja ausgesöhnt, wir spielen viel miteinander, manchmal auch alleine, ab und an balgen wir uns richtig das die Fellfetzen fliegen und dann sind wir wieder ganz lieb zueinander und lecken uns gegenseitig ab. Das ist immer sehr schön. Ich hätte nie gedacht, das Peppels mal so lieb zu mir sein könnte. Ich wollte ja schon immer, aber sie wollte ja nicht. Spikey dagegen ist absolut harmlos. In der Anfangsphase war ich mal ein bisschen frech zu ihm, da hat er nach mir geschnappt. Aber keine Angst, ich bin viel schneller als er. Er hat nur Luft geschnappt und mich um Meilen verfehlt. Zum Schmusen und Kuscheln taugt er nicht so richtig. Peppels und ich versuchen es trotzdem immer in regelmäßigen Abständen. Aber leider ohne Erfolg. Wenn wir uns an ihn rankuscheln, dann flüchtet er entweder gleich oder knurrt uns ganz leise an. O.k., das ist dann immer das Zeichen für uns, das wir ihn doch lieber in Ruhe lassen sollten. Aber mit Peppels kann man auch richtig gut spielen, wenn sie möchte und gut drauf ist. Wir haben da mal etwas ganz tolles ausprobiert. Allerdings zum Leidwesen unserer Zweibeiner, die fanden das mal wieder nicht schön. Im Wohnzimmer steht ein sehr schöner Schachtisch aus Holz. Keine Angst, als Kratzbaum haben wir ihn nicht benutzt. Da es ein Schachtisch ist, gehören natürlich auch die Schachfiguren darauf. Ich bin ja im Gegenteil zu Peppels (auch Garfield genannt) viel abenteuerlustiger und auch beweglicher. Ich springe überall hinauf und muss alles erkunden. So auch genannten Schachtisch. Als ich oben stand und mir die Schachfiguren genauer ansah, schaute Peppels irgendwie doch etwas traurig nach oben. Leider konnte ich sie nicht dazu bringen, mir zu folgen und auf den Tisch zu springen. Da hatte ich aber eine ganz tolle Idee. Ich habe die Figuren vom Tisch nach unten geworfen, dort hat Peppels sie entgegen genommen und wir konnten dann beide damit wunderbar weiterspielen. O.k., das Ganze ging natürlich nur solange gut, bis Frauchen um die Ecke kam weil sie durch die Geräusche aufmerksam geworden ist. Das Gezeter höre ich heute noch, als wenn wir den Figuren wirklich etwas tun könnten. Naja, seitdem stehen die Figuren nicht mehr auf ihren Plätzen, sie liegen jetzt wohlbehalten in der dafür vorgesehen Kiste und werden nur zum Spielen rausgeholt, natürlich nicht wenn wir spielen wollen, sondern wenn die Zweibeiner spielen

35

wollen. Irgendwie sind sie manchmal einfach Spielverderber.

Schön ist das Leben

Tja, so nimmt das Leben hier im Haus seinen Lauf. Ich werde immer artiger (sagt Frauchen und meint das, glaube ich, sogar ernst), verschiedene Räume sind seit meiner Ankunft etwas verändert worden und ich muss mir jetzt schon etwas mehr Gedanken machen, wenn ich noch etwas anstellen möchte.

Wenn Frauchen sich morgens im Badezimmer fertig macht, liege ich sehr gerne in der Dusche und schaue ihr dabei zu. Manchmal möchte ich auch ganz in ihrer Nähe sein, dann setzte ich mich auf das Waschbecken. Da passiert es dann natürlich auch mal, das ich ihren Ellenbogen ins Gesicht bekomme und schneller wieder unten bin als mir lieb ist. Aber da ihr das immer ganz furchtbar leid tut, werde ich dann natürlich entsprechend entschädigt mit Streicheleinheiten und ganz lieben Worten. So ist Frauchen eben. Wenn sie im Bad fertig ist, geht sie hinunter und frühstückt. Hier geht es dann wieder richtig zur Sache. Nicht das sich jemand wundert. Mit Herrchen ist das morgens nicht so lustig. Der sperrt uns Katzen einfach aus und nimmt nur den Hund mit runter. Wir dürfen nicht mit. Da haben wir uns aber nun irgendwie daran gewöhnt und akzeptieren das. Wir bleiben dann lieber bei

Frauchen und kuscheln noch etwas. So, nun aber zur morgendlichen Prozedur (mit Frauchen). Sie frühstückt gemütlich und liest die Zeitung. Wir Katzen bekommen vorher immer unsere Leckerlies, jede genau die gleiche Anzahl. Da passt sie genau auf und ist sehr korrekt, denn ich fresse etwas langsamer als Peppels und würde so immer benachteiligt werden. Aber wie gesagt, abgezählt für jede gleich. Wir machen inzwischen unseren gewohnten Kontrollgang ob alles in Ordnung ist. Dann, wenn Frauchen losgehen möchte, müssen wir Tiere aus der Stube und Küche raus und dürfen uns am Tag allein nur im Flur und Schlafzimmer aufhalten. Aber das lasse ich mir nicht so einfach gefallen. Spikey ist total artig, der geht nachdem er seine Leckerlies bekommen hat schon freiwillig nach oben und kuschelt sich auf Herrchens Bett. Peppels kennt das ganze Prozedere ebenfalls schon, da genügt ein kleiner Stubser auf den Po und schon wetzt sie (naja, was man bei der Dicken so wetzen nennt) in Richtung Tür und verschwindet nach oben. Die sind vielleicht artig. Dann komme ich, und ich will nicht. Wenn ich schon merke, das es los geht, dann bin ich schon mit einem Mauzer, der „nein ich will nicht" bedeutet, auf dem Weg in die Ecke hinter dem Fernseher. Es gibt Ecken im Wohnzimmer, da kommt Frauchen einfach nicht hin, ohne die Möbel abzurücken und das tut sie ja nicht. Klasse, von der Ecke aus kann ich sie wunderbar beobachten. Erst ist sie noch ganz lieb und versucht es mit netten

Worten. Durchhalten ist einfach alles denke ich mir dann. Die ersten Male war sie schon richtig verzweifelt, aber dann hat sie leider zu einem Mittel gegriffen, dem ich bis heute nicht wiederstehen kann. Sie scheint mich etwas durchschaut zu haben. Zu Anfang lockte sie mich mit den Leckerlies nach draußen. Diese Variante hat aber nur kurze Zeit funktioniert. So viel am Morgen möchte ich auch nicht fressen, nachher sehe ich so aus wie Peppels. Nun hat sie offenbar meine Leidenschaft entdeckt und nutzt diese schamlos aus. Ich verrate es ungern, aber es ist so. Ich spiele für mein Leben gern mit knisternden kleinen Papierkugeln. Die kann ich so schön durch die Gegend werfen, wieder auffangen, durch das gesamte Haus schleppen und wenn ich keine Lust mehr darauf habe, ertränke ich sie einfach in einem der Saufnäpfe mit Wasser. Das ist schön. Und das hat Frauchen bis heute schamlos ausgenutzt und lockt mich damit immer aus der Stube. Oder gönne ich ihr einfach die Freude mich besiegt zu haben ?!?

Mein 1. Weihnachtsfest im neuen zu Hause

Als krönender Abschluss des Jahres steht das Weihnachtsfest bevor. Was für ein Fest, wenn ich an den Weihnachtsbaum denke. Dann freue ich mich schon auf das nächste Weihnachtsfest, da werde ich dort weitermachen wo ich dieses Jahr aufgeben musste. Schon im Vorfeld des Aufstellens des Tannenbaumes hörte ich Frauchen jammern, das sie dieses Jahr Weihnachten überhaupt nicht im Wohnzimmer unter dem Weihnachtsbaum schlafen können, da das mit Yasmin (was ich bin!) ja nicht gehen wird, da sie ja immer Blödsinn im Kopf hat und irgendetwas anstellt. Na toll, der Baum steht noch nicht einmal, es ist mein erstes Weihnachtsfest in der neuen Familie und ich werde schon vorher schlechtgemacht. Was bleibt mir da weiter übrig, als dem auch gerecht zu werden. Da ich mein allererstes Weihnachtsfest als Baby erlebt haben muss und mich an überhaupt nichts mehr erinnern kann, lasse ich einfach alles auf mich zukommen und harre der Dinge. Es fängt schon in der Vorweihnachtszeit an, überall wird irgendwo etwas hingebammelt, aufgehangen, hingestellt, usw. Alles komisch, aber die Zweibeiner machen das schon. Sogar in meinem geliebten Küchenfenster hängt plötzlich eine Kugel die schillert. Aber ich hatte keine Lust, die habe ich einfach ignoriert. Dann wurde es spannend. Den Weihnachtsbaum stellt Herrchen auf. Das geschieht offensichtlich immer nach den gleichen Ritualen.

Als erstes wird alles bereitgelegt. Dann, ganz wichtig, wird laut Musik angemacht. Für uns Katzen und den Hund ist das natürlich der unangenehme Teil des Weihnachtsbaum Aufstellens, denn Laut ist für uns nicht gut. Das geht aber nur solange, bis Frauchen um die Ecke kommt, denn da scheint sie das Gehör von uns Tieren zu haben. Laut findet sie auch überhaupt nicht gut. Also ist der Teil für uns schon überstanden. Die Musik wird leise gedreht und wir können uns entspannen. Aus sicherer Entfernung schauen wir ganz lieb zu. Mir wird schon im Vorfeld eine Moralpredigt gehalten. Schließlich sind die Weihnachtsbaumkugeln so gut wie neu und haben erst letztes Jahr ihren ersten Einsatz gehabt. Als ob mich das im Moment interessieren würde. Schließlich liege ich ganz lieb, in sicherer Entfernung und schaue dem Treiben nur zu. Als erstes kommt die Lichterkette ran, dann füllen sich die Zweige mit den bunten Kugeln und allem möglichen Kram. Das ist schon interessanter. Die Zweige wackeln, die Kugeln, Zapfen und Sterne wippen. Die Bewegung fasziniert uns Katzen schon sehr. Zumindest mich, Peppels scheint das Ganze überhaupt nicht zu interessieren, verstehe ich ja gar nicht. Lange halte ich es nun nicht mehr auf meinem Platz aus. Der Baum muss untersucht werden. Alle meine Versuche, die wippenden Gegenstände zu zerstören, schlagen fehl. Es gelingt mir zwar sie teilweise vom Baum zu schnipsen, aber sie bleiben alle heil. Die Kugeln sind sogar wie ein Gummiball wieder hochgehüpft, aber heil geblieben. Niemand kann sich vorstellen, wie oft und wie viel mit mir während dieser Zeit geschimpft wurde. Wohnzimmerverbot wurde, wann immer es ging, ausgesprochen. Alleine durfte ich während dieser Zeit überhaupt nicht mehr hinein. Wenn ich es dann doch einmal geschafft hatte hineinzuschlüpfen, dann musste ich mich aber auch beeilen, schnell zu dem Baum vorzudringen. Alles ganz schön anstrengend gewesen. Wenn ich ganz lieb war, durfte ich aber auch unter dem Baum liegen. Aber nur unter Beobachtung.

Zumindest habe ich für das nächste Weihnachtsfest schon feste Vorstellungen. Den Kugeln und Zapfen muss ich unbedingt noch einmal zu Leibe rücken.

Tja, was soll ich noch sagen. Alles in allem ist das Leben in meinem zu Hause sehr schön. Ich vermisse weder meine Mama noch meine Geschwister oder die Züchterin. Ich fühle mich sehr wohl hier, habe auf meine Art, einen entscheidenden Beitrag für die Ordnung auf den Schreibtischen beigetragen und Papierkörbe werden jetzt auch immer rechtzeitig geleert.

Mit der neuen Blumenbank, die Herrchen im Esszimmer für Frauchens Blumen, die auf den Fensterbrettern weichen mussten, gebaut hat, bin ich noch nicht ganz einverstanden. In regelmäßigen

Abständen zeige ich Frauchen, welche Töpfe dort nicht stehen sollen, indem ich sie auf meine Art entferne, aber den Kampf werde ich wohl nicht gewinnen. Wo sollen sie denn sonst auch noch hin?

Ein liebes mauzen von

Yasmin.